Jackie Niebisch

Nach einer Serie von Kleinen-Wilden-Büchern (»Die kleinen Wilden«, »Die kleinen Wilden lassen nicht locker« und »Die kleinen Wilden und das Oberste Mammutgericht«) hat der Autor noch einmal ganz neue Geschichten entdeckt. Und zwar solche, die noch aus der Vorgemüsezeit stammen, also der Zeit, in der die kleinen Wilden noch die wildesten Mammutjäger waren.

Im vorliegenden Band werden sie noch mal rotzfrech und unerschrocken zu neuem Leben erweckt und wir können erneut dabei zuschauen, wie sie voller Abenteuerlust die große und weite Steppe unsicher machen. Ahuuuh!

2. Auflage 2021

Henriettenstraße 42a, 20259 Hamburg
 · Text & Illustrationen: Jackie Niebisch
Redaktion: Corinna Windeck · Grafische Bearbeitung: Silke Porsche
Druck: FINIDR, s.r.o., Lípová 1965, 737 01 Český Těšín
Tschechische Republik
ISBN: 978-3-8337-4098-5

Die deutsche Bibliothek – CIP-Einheitsaufnahme

www.jumboverlag.de

Dieses Buch ist wieder dem großen Wilden ›Jörgpeter von der klaren Au‹ gewidmet und natürlich auch Feng Ying 冯樱 aus Shanghai, auch Pippili genannt, die zu ihrer Kinderzeit sicher auch eine große und unerschrockene kleine Wilde war.

Jackie Niebisch

Die kleinen Wilden

Neu entdeckte Mammutgeschichten

JUMBO

Vorwort

Diejenigen unter euch, die sich mit den kleinen Wilden gut auskennen, wissen, dass sie inzwischen gar keine Mammutjäger mehr sind. Sondern die größten Gemüseliebhaber und leidenschaftlichsten Obstesser aller Zeiten.

Dass sie ein kleines Gemüsebeet angelegt haben, wo sie Kohlrabi und Brokkoli züchten und pinkfarbene Paprika. Ihre Lieblingsspeise im Moment ist ganz klar Haselnussauflauf. Natürlich essen die kleinen Wilden auch mal Spaghetti mit Tomatensoße und knusprige Pizza mit viel Käse, Pilzen und Zwiebeln. Aber immer bleiben sie ihrem Leitspruch treu: Hauptsache fleischlos!

Durch einen Riesenzufall wurde neulich aber eine sensationelle Entdeckung gemacht: In einer alten Höhle an einer Wand, ganz hinten links in der Ecke, wurden ein paar unbekannte Geschichten von den kleinen Wilden gefunden. Ganz vorzeitliche, urzeitliche Geschichten, mit Kreide auf den Stein gekritzelt.

Eine aufregende Sache, kann ich euch sagen! Da konnte man es ganz klar sehen, kreideweiß auf höhlenwandgrau: Dass die kleinen Wilden wirklich mal sehr wild gewesen sind, die größten Fleischfresser, die man sich denken kann. Mammutjäger, die schon morgens nach dem Aufstehn »Ahuuh!« geschrien haben, sich den Speer schnappten, um die weite und friedliche Steppe unsicher zu machen.

Weil man die Höhlenwände nicht einfach durch die Gegend schleppen und herumzeigen kann, habe ich mich entschlossen – einer musste es ja tun – alles abzuschreiben, was auf diesen Wänden steht, und nun seid ihr die ersten Menschen der Neuzeit, die davon erfahren. Ich erzähle euch vom unbändigen Heißhunger der kleinen Wilden!

Ausdrücklich Früchte

Als die kleinen Wilden noch die allergrößten Mammutjäger waren, hatten sie mal wieder Lust auf ein supersaftiges Mammutschnitzel.

»Ahuuuh!«, riefen sie und wollten sich grade auf die Jagd machen.

Da tauchten plötzlich die Alten auf.

»Nicht so schnell, Kinder. Der Speer bleibt heute hier!« Stattdessen drückten sie jedem einen Korb in die Hand.

»Für was solln die denn gut sein?«, murrten die kleinen Wilden.

»Na, zum Beeren sammeln, ihr Helden. Wir müssen dringend Marmelade einmachen für den nächsten Winter. Zusätzlich könnt ihr gerne noch reife Pflaumen auflesen und ein paar Äpfel pflücken.«

»Wir wollen aber lieber ein Schnitzel, mit leckerer Pfifferlingsoße drauf.«

»Papperlapapp! Ihr bringt heut weder Fleisch noch Pilze noch sonst was mit, sondern Früchte! Nichts anderes! Ist das klar?!«

Alles klar ...

Lustlos zogen die kleinen Wilden durch die Steppe. Hielten hier mal Ausschau nach einer Beere, guckten dort mal voller Verachtung auf einen herumliegenden Apfel.

Da erhob sich plötzlich vor ihren Augen etwas wunderbar Großes. Und wunderbar Leckeres: ein brauner Hügel, der nichts anderes war, als das vielversprechende Hinterteil des Mammuts, das grade sein Mittagsschläfchen hielt.

»Was für ein Prachtbraten«, jubelten sie leise.

»Her damit!«

Doch dann fiel ihnen ein:

»Wir haben ja gar keinen Speer dabei!«

»Macht nix«, flüsterte der Allerkleinste. »Mein Urgroßvater hat meinem Großvater mal erzählt, wenn man kein' Speer dabei hat, kann man auch direkt ein paar Koteletts vom Hintern abbeißen. Das merkt ein schlafendes Mammut gar nicht. Und bevor es aufwacht, sind wir längst wieder zu Haus.«

»Ha, ha.«

»Und da können wir die abgebissenen Koteletts dann saftig durchbraten.«

»Aber sollten wir nicht ausdrücklich nur Früchte mit nach Hause bringen?«, fiel es den anderen kleinen Wilden wieder ein.

»Aber das tun wir ja«, sagte der Allerkleinste. »Das Mammut ist nämlich – genaugenommen – eine Frucht.«

»Das Mammut? Eine Frucht?«

»Na klar! Ein dickes Stück Obst.«

»Wie kann das denn sein?«

»Ganz einfach«, sagte der Allerkleinste. »So wie es Meeresfrüchte gibt und Feldfrüchte und Waldfrüchte, so ist das Mammut ganz klar eine Landfrucht!«

Ach so ... ja, dann ... Auf diese Weise hatten die kleinen Wilden das dicke Zottelvieh noch nie betrachtet. Und wer es noch genauer wissen wollte, dem erklärte der Allerkleinste, dass es zur Gruppe der vierfüßigen Rüsselfrüchte gehörte. Was man eindeutig an den vier Füßen und dem Rüssel erkennen konnte.

Womit der Fall jetzt schnitzelklar war.

Die kleinen Wilden kletterten vorsichtig die friedlich schnarchende Rüsselfrucht hinauf, grade bis zum hintersten Teil. Dann sperrten sie ihre Mäuler auf, »Aaargh!«, so weit sie konnten, und bissen, »Hamm!« und »Schmatz!«, direkt hinein in den dicken Hügelbraten.

Im Nu war aus der friedlich schlafenden Landfrucht eine wütende Landfrucht geworden.

»Auuuuutsch!«, schnaubte das Mammut. »So eine Gemeinheit!«

Es fuhr blitzschnell mit seinem Rüssel herum, umschlang die ganze freche Fleischfresserbande und hob sie grimmig in die Höhe.

»Was fällt euch ein? Mich bei lebendigem Leibe verspeisen zu wollen!«

»Wir hatten sooooo einen Hunger!«, riefen die kleinen Wilden. »Außerdem wollten wir dich doch gar nicht verspeisen ...«

»Was wolltet ihr dann, bitte schön?!«

»Nur vier ganz kleine Minischnitzel abzwacken.«

»Ach, so nennt ihr das: ›abzwacken‹!«

»Ja. Vier klitzekleine Portionen. Das merkt doch ein starkes und großes Mammut wie du überhaupt nicht!«

»Und ob ich das merke! Mir brennt mein oberes Gesäß. Und mir brennt mein unteres Gesäß.«

»Das geht gleich wieder vorbei«, beschwichtigten die kleinen Wilden. »Könntest du uns jetzt bitte wieder runterlassen? Wir müssen nämlich noch dringend Beeren sammeln, für Marmelade ... ja, und für den nächsten Winter ...«

»Kommt nicht in die Tüte«, brummte das Mammut. Ihr bleibt schön hier. Wer in friedlich schlafende Steppenbewohner reinbeißt, muss sie hinterher auch wieder gesund pflegen.«

»Gesund pflegen?« – »Wie geht denn das?« – »Sowas können wir gar nicht.« – »Genau.« – »Da sind wir ganz schlecht drin.« – »Das haben wir noch nie gemacht!«

»Keine Angst, ist ganz einfach. Ich zeig euch, wie's geht.«

Unter den strengen Augen des Mammuts mussten die kleinen Wilden frisches Moos sammeln gehen, schön feucht und kühl, und es anschließend auf die angeknabberten Stellen legen.

»Aaah«, das tat gut. Und wenn das Moos nach einer Weile vom Körper warm geworden war, mussten sie wieder neues holen und das tat, »Aaah«, auch wieder gut. Dem Mammut jedenfalls. Eine Moosschicht nach der andern. Bis es sich allmählich wieder besser fühlte.

Als es Abend geworden war, durften die kleinen wilden Beißer endlich wieder nach Hause.

Wo schon die Alten vor der Höhle standen.

»Wo kommt ihr so spät noch her?«, schimpften sie. »Könnt ihr uns mal ausnahmsweise keine Sorgen machen?!« – »Wo sind übrigens all die Früchte, die ihr sammeln solltet?«

»Ach, die ...«

»Also, die waren viel zu schwer ...«

»Besonders die eine ...«

»Echt superdicke Mammutbeere ...«

Die Alten verstanden nur Bahnhof.

»Ihr veräppelt uns doch.«

Sie deuteten auf den Platz vor der Höhle.

»Was haltet ihr davon, wenn ihr zur Abwechslung mal wieder an der gesunden Luft schlaft? Die riecht heut so fruchtig.«

Die kleinen Wilden schnappten sich ihre große Felldecke und kuschelten sich schnell darin ein. Und nachdem sie noch eine Weile miteinander geredet und tausend neue Pläne für den nächsten Tag geschmiedet hatten, fielen sie einer nach dem andern in einen tiefen Schlaf.

»Gute Nacht.«

»Schlaft gut.«

»Wie Mammutmarmelade wohl schmeckt?«

»Bestimmt ganz knusprig.«

»Hua ...«

»Chrr ... chrrr ...«

Die Grillfete

An einem wunderschönen und heißen Sommertag saßen die kleinen Wilden vor der Höhle und schwärmten:

»Superwetter heute.«

»Ja, das perfekte Grillwetter!«

»Fehlt nur noch das passende Steak dazu.«

Doch woher nehmen, und nicht erst lange jagen müssen bei dieser Hitze?

Der Allerkleinste hatte eine Idee: »Mein Urgroßvater hat mal erzählt, wenn man Appetit auf einen Schönwetter-Braten hat, kann man ein Mammut auch direkt zu einer Grillfete einladen. Persönlich.«

Direkteinladung! Persönlich! Das hörte sich gut an. War ja mal was ganz Neues!

»Das ist auch sehr praktisch. Erstens freuen sich Mammuts, wenn sie eingeladen werden, und zweitens sind sie dann immer sehr hilfsbereit.«

Das gefiel den kleinen Wilden.

»Ahuuu!«, riefen sie gut gelaunt. Sie schnappten sich einen Grill, Pfeffer, Salz und Zwiebeln und machten sich auf den Weg.

Sehr weit musste die kleine Schlemmerkarawane nicht ziehen, denn schon im nächsten Tal stand das Mammut in einem kleinen Tundrateich und kühlte sich die Füße.

Als es die kleinen Wilden auf sich zukommen sah, schickte es ihnen einen grimmigen Blick entgegen. Wer weiß, vielleicht führten diese Tundrastrolche ja schon wieder was Böses im Schilde!

Doch so wie es aussah, führten die keinen Wilden kein bisschen was Böses im Schilde. Im Gegenteil, nur Gutes ...

»He, hallo, Mammut«, riefen sie fröhlich.

»Wir wollten dir gratulieren kommen!« – »Und einen herzlichen Glückwunsch überbringen ...«

»Was ... öh, mir? Also ...« Das Mammut war echt verdutzt.

»Ja«, sagte der Allerkleinste, »genau dir!«, und überreichte ihm einen Strauß frischen Sauerampfer.

»Och, danke«, sagte das Mammut. »Aber wozu mir denn gratulieren?«

»Na, zum Hauptgewinn!«

»Was?? Ich? Hab was gewonnen?!«

Das Mammut war so sprachlos, dass ihm vor Schreck der Sauerampfer wieder aus dem Rüssel fiel.

»Ja«, rief der Allerkleinste. »Du hast gewonnen! Eine Einladung zu einer echten Grillfete. Und zwar mit *uns*.«

»Heilige Tundra!« Das Mammut musste diese überraschende Überraschung erst mal verdauen. Dann fragte es: »Was ist denn das genau, eine Grillfete?«

Es hatte so was noch nie gemacht.

»Das ist das Größte, was es gibt«, riefen die kleinen Wilden. »Ein leckeres Fest, wo man mit Freunden zusammen am Feuer sitzt und viel Spaß zusammen hat.«

Das klang eigentlich sehr schön. Zur Abwechslung etwas Spaß und Geselligkeit, das gefiel dem Mammut ebenfalls. Trottete es doch oft genug allein durch die weite Tundra.

»Als erstes«, rief der Allerkleinste, »müssen wir eine schöne Feuerstelle bauen.«

Die kleinen Wilden begannen sofort, in der umliegenden Steppe Steine zu sammeln.

Als sie bemerkten, dass das Mammut ihnen neugierig zusah, fingen sie an, ihre Gesichter zu verziehen und extra laut zu stöhnen:

»Oohh, sind die Dinger wieder schwer …«

»Echt fette Brocken heute …« – »Puhh!«

»Voll anstrengend …!«

Das Mammut konnte nicht mit ansehen, wie die kleinen Gastgeber sich so abrackerten.

»Darf ich vielleicht ein wenig behilflich sein?«, fragte es.

»Oh ja, gerne …«, keuchten die kleinen Wilden. »Wär echt nett, so'n starker Helfer wie du.«

Im Nu hatte das Mammut genügend Steine eingesammelt und wie gewünscht im Kreis verteilt.

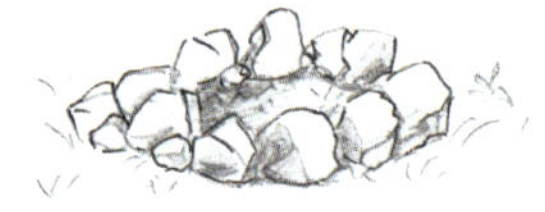

»Und jetzt?«, fragte es.

»Oh, jetzt könntest du noch etwas Holz besorgen. Am besten ein paar dicke Äste und dann ein paar dünne oben drauf, damit das Feuer leichter anbrennt.«

»Wird erledigt«, sagte das Mammut. Es war voller Tatendrang und wollte schließlich ein guter Gast und Hauptgewinner sein.

Nachdem der Grill aufgestellt war und ein Feuerchen entfacht, fragte es, was denn als Nächstes zu tun wäre.

»Jetzt müssen wir kurz warten«, erklärten die kleinen Wilden, »bis alles runtergebrannt ist und schön glüht. Aber wenn's dir nichts ausmacht, könntest du derweil ja ein paar Zwiebeln schälen?«

Das Mammut war zwar kein Zwiebelexperte, aber es gab sich große Mühe; und ein paar Tränen beim Schnippeln nahm es heldenhaft in Kauf.

»Und jetzt?«, fragte es nimmermüde. »Was kommt nun dran? Geht das Fest endlich los?«

»Sofort«, sagten die kleinen Wilden. »Jetzt musst du dich nur noch ganz vorsichtig und langsam auf den Grill setzen.«

»Was, ich? ... Also ... aber das geht doch nicht!«

»Doch, doch, das geht sehr gut. Das gehört bei einer echten Grillfete immer dazu.«

»Der ist doch viel zu klein! Und sicher heiß. Das brennt doch!«

»Du wirst überrascht sein, wie angenehm sich das anfühlt«, versicherten die kleinen Wilden. »Wie ein vorgewärmter Sitz« – »Extra für dich als Ehrengast!«

»Aber ich seh doch gar nichts nach hinten raus ...«, wandte das Mammut ein.

»Keine Sorge«, sagten die kleinen Grillmeister. »Wir dirigieren dein Hinterteil Schritt für Schritt an die richtige Stelle ... ja, noch ein Stück tiefer ... vorsichtig ... ganz langsam ... ja ... noch ein bisschen ...«

Das Mammut fühlte sich sehr unbehaglich in seiner Haut.

»Auf was hab ich mich da eingelassen?«, seufzte es, als es plötzlich einen strengen Geruch bemerkte.

»Was riecht denn hier so auf einmal? Das riecht doch ... irgendwie verbrannt ... nach ... nach ...«

»Keine Panik«, riefen die kleinen Wilden. »Alles okay! Ist nur der würzige Duft der Steppe.«

Doch als es dem Mammut immer heißer wurde und plötzlich schwarze Rauchwolken und dann kleine Flammen seinen Schwanz hochzüngelten, da ging ihm endlich ein Licht auf! Ein sehr großes und brennendes, dass es nämlich von diesen kleinen, gemeinen Fleischfresserkids schon wieder hereingelegt worden war!

Das Mammut sprang auf, sprintete in seinen kleinen Rettungsteich, stampfte und trampelte und spritzte sich mit dem Rüssel ein paar kräftige Ladungen Wasser über den Rücken und eine kühle Fontäne den Po hinunter.

Heiliges Hinterteil! Das war grade noch mal gut gegangen! Bis auf ein verkokeltes Schwanzende war es mit einem Schrecken davon gekommen.

Genauso wie die kleinen Wilden.

Mit vollstem Volldampf hatten sie das Weite gesucht, und dann das noch Weitere, und waren erst spät abends wieder zu ihrer heimischen Höhle zurückkehrt.

Vor der schon die Alten standen.

»Wo kommt ihr Banausen jetzt noch her?«, brummten sie. – »Immer nur Sorgen verbreiten!« – »Könnt ihr nicht einmal Rücksicht auf uns nehmen?« – »Wo ist übrigens der neue Grill geblieben?«

»Welcher Grill?«

»Den wir heut Morgen extra zum Gemüserösten aufgestellt haben!«

»Ach der ...« – »Also der ...« – »Den hat das Mammut geklaut«, sagte der Allerkleinste. »Wollte uns ganz gemein saftig darauf durchbraten.«

»Genau!«, bestätigten die andern. »Wir konnten uns grad noch retten.«

»Das gemeine Mammut aber auch! Zur Strafe dürft ihr euch gleich noch mal retten und zwar vor uns. Vor unserer schlechten Laune, wenn wir auf den Gedanken kommen, dass ihr uns mal wieder Lügen erzählt. Den Schlafplatz kennt ihr ja. Gute Nacht.«

Die kleinen Wilden schnappten sich ihre große Felldecke und kuschelten sich darin ein. Und nachdem sie noch eine Weile miteinander geredet und tausend neue Pläne für den nächsten Tag geschmiedet hatten, fielen sie einer nach dem andern in einen tiefen Schlaf …

»Uaaah …«
»Nacht …«
»Schnarch gut …«
»Beinah hätt's geklappt …«
»Dicker fetter Brutzelpo.«
»Hatte schon sooo lecker gerochen …«
»Chrrr … schmatz … hmm …«
»Chrr … hmm …«

Spuren lesen

Die kleinen Wilden sollten sich mal wieder nützlich machen und für ihre durstigen Alten etwas Wasser aus dem Teich holen. Gar nicht so leicht heute, denn der Teich war ja halb leer! Musste man sich echt tief runterbücken!

»Wer säuft hier bloß so viel?«

»Wer hat so'n riesigen Durst?«

»Na, ratet mal!«, sagte der Allerkleinste. »Das kann nur einer sein: das Mammut!«

Er deutete auf den Boden: »Hier, ganz klar Spuren! Überall!«

Jetzt sahen es die andern auch: überall Fußspuren im Sand! Plattfüße. Kleine, große, dicke ...

»Ahuuuu!«, riefen die kleinen Wilden und wollten auf der Stelle wieder Mammutjäger sein. Und keine Wasserträger!

Der Allerkleinste schnappte sich einen Speer.

»Mein Urgroßvater hat erzählt, wenn man eine Mammutspur entdeckt hat, muss man alles stehen und liegen lassen und ihr sofort folgen. Einfach immer nur folgen. Ohne zu denken. Bis man ankommt. Und dann: guten Appetit!«

Das fanden die kleinen Wilden eine sehr praktische Einrichtung. Vorausgesetzt, dass einer die Spur richtig lesen konnte.

Kein Problem, der Allerkleinste konnte.

»Was? Du kannst lesen?«, wunderten sich die andern. »Wo hast du *das* denn gelernt? Du bist doch noch so klein.«

Also, erstens war er nicht so klein, das täuschte. Zweitens war er der geborene Spurenleser! Und drittens gab er zum Beweis gleich mal ’ne Kostprobe ab, was in der Spur so alles geschrieben stand:

»Folget mir, wilde Jäger, denn ich bin ein leckeres, zartrosa gebratenes Steak und ich warte schon auf euch.«

Das ließen sich die kleinen Wilden nicht zweimal sagen und folgten was das Zeug hielt. Aber merkwürdig, das Mammut schien immer nur im Kreis gegangen zu sein, um den Teich herum, und wieder um den Teich, und schien gar nicht nicht mehr aufzuhören.

»Wie lange soll'n wir denn noch folgen?«

Der Allerkleinste las noch mal in der Spur nach. Da stand klar und deutlich:

»Nicht mehr lange. Haltet durch, ich bruzzle schon mal ein bisschen vor, damit ich knusprig genug bin, wenn ihr ankommt!«

Und siehe da, plötzlich wurde die Ausdauer der kleinen Wilden belohnt.

»Seht ihr, da drüben?«, rief der Allerkleinste.

Ja, alle konnten es sehen.

Zwischen den Gräsern streckte sich ihnen nicht nur eins, sondern gleich zwei, nein, drei braungehügelte Hinterteile entgegen.

Sie waren zwar nicht ganz so groß wie gewohnt, eher etwas kleiner. Aber das war egal. Die kleinen Jäger beschlossen, daraus kein Steak, sondern lieber gleich ein Schaschlik zu machen. Das heißt, den Braten mit Anlauf und Karacho direkt aufzuspießen.

Natürlich mit dem wildesten Geheul.

»Ahuu ... Ahuuuuuah!«

So wild und laut, dass den Mammuts, die sich grade am Teichrand nach Wasser bückten (und beim Näherkommen so anders aussahen, entfernt an ihre Eltern erinnerten, jetzt sogar erschreckende Ähnlichkeit mit ihnen hatten), der Schreck in alle ungegrillten Hinterteile fuhr! Und sie sich grade noch mit einem Sprung ins Wasser retten konnten.

»Verflixt und zugespießt«, riefen die kleinen wilden Jäger. »Das waren ja gar keine Mammuts! Das sind ja unsere ...« – »... Alten!«

»Oh, Mist verdammter!«

Am Abend in der Höhle folgte dann eines der größten Donnerwetter der letzten Eiszeit.

»Ist ja wohl die Höhe!«, schimpften die Alten. »Jagd auf durstige Eltern zu machen!«

»Die sich zum Trinken mühsam in den Teich hinunterbücken mussten!«

»Trotz vieler Rückenleiden!«

»Und das alles, weil ihr Rabauken die Wasserkrüge verbummelt habt!«

»Tschuldigung«, sagten die kleinen Wilden. »Aber wir dachten, ihr seid Mammuts …«

»Was?!«, riefen die Alten empört.

»Wir? Und Mammuts?«

»Soll das etwa heißen, dass ihr uns für genauso dick haltet?«

»Und genauso behaart?«

Die Alten kriegten sich gar nicht mehr ein.

»Haben wir etwa vier Füße?«

»Nö ...«

»Und wiegen wir hundert Tonnen?«

»Nö, nö ...«

»Na bitte!« – »Damit ihr in Ruhe über den Unterschied zwischen Mensch und Tier nachdenken könnt, schlaft ihr heut mal wieder draußen an der gesunden Steppenluft.«

Die kleinen Wilden schnappten sich schnell ihre Decke und mummelten sich darin ein. Und nachdem sie noch eine Weile miteinander geredet und tausend neue Pläne für den nächsten Tag geschmiedet hatten, fielen sie einer nach dem andern in einen tiefen Schlaf.

»Gute Nacht ...«

»Schlaft schön ...«

»Voll die falsche Spur erwischt ...«

»Kann vorkommen ...«

»Chrr ...«

»Chrrrr ...«

Mammut erschrecken

Der Allerkleinste der kleinen Wilden saß auf der Tannenspitze und hielt nach dem Mammut Ausschau.

Er hatte grade von einem supergenialen Trick gehört, wie man es total leicht kriegen könnte. Ganz ohne Speer, ohne Pfeil und Bogen. Nicht mal eine Falle brauchte man dazu.

»Mein Urgroßvater hat gesagt, dass man das Mammut einfach nur richtig erschrecken muss. Ganz plötzlich und unerwartet ›Huuuh! Huuuh!‹ brüllen, dann kriegt es einen Herzstillstand und fällt auf der Stelle tot um.«

»Sowas macht das Mammut?«

»Na klar. Und danach können wir es sofort braten und Soße draufmachen, so viel wir wolln.«

Huuu! Huuu! Dieser Trick gefiel den kleinen Wilden.

Den wollten sie gleich mal ausprobieren.

Auf ihrem Weg in die Steppe übten sie schon mal und erschreckten alles und jedes, das ihren Pfad kreuzte.

Verscheuchten ein paar Steppenhühner, jagten ein Eichhörnchen in die Flucht und versetzten ein Murmeltier so in Panik, dass es auf der Stelle in sein Erdloch fiel.

Dann versteckten sie sich hinter einem Felsen.

Und kaum hatten sie das getan, kam auch schon das Mammut angetrottet. Es hatte grade sein Mittagsschläfchen gehalten und dachte an nichts Böses.

Da sprangen mit riesigem Gejohle die kleinen Erschrecker hervor.

»Huuu! Huuuu!«, brüllten sie. Und schnitten die wildesten Grimassen. »Huuu! Huuuuu! Aiiii!«

Sie fletschten die Zähne:
»Grrr, arrrg!«
»Wir sind der Schrecken aller Mammuts!«
»Die Gespenster der Steppe!«
»Jetzt bist du dran!«
»Dein letztes Stündlein hat geschlagen!«
»Huuu! Huuh!«

Doch anstatt tot umzufallen, so wie es sich gehört, zeigte das Mammut überhaupt keine Reaktion!

Kein Wunder. Wie alle lärmempfindlichen Steppenbewohner hatte es noch seine Grasbüschel in den Ohren stecken.

»Wie bitte?«, fragte es überrascht. »Habt ihr etwas gesagt?«

»JAHAA! HABEN WIR!«, brüllten die kleinen Wilden. Und dann riefen sie extra laut: »KANNST DU MAL DEINE GRASDINGER AUS DEM OHR NEHMEN?!«

»Och, gerne. Die hab ich ganz vergessen.«

Nachdem das Mammut seine Grasstöpsel rausgezogen hatte und wieder deutlich hören konnte, riefen die kleinen Wilden:

»Und könntest du so gut sein und jetzt noch mal hier am Felsen vorbeikommen? Aber nicht extra. Sondern bitte ganz zufällig, wenn's geht.«

Das Mammut war gut gelaunt heute und tat ihnen gern den Gefallen.

»Bitte sehr!«

Es ging ein Stück zurück, von wo es gekommen war, machte eine Kehrtwendung und stapfte dann, wie gewünscht, ein zweites Mal am ›Erschreckerfelsen‹ vorbei.

Natürlich so nichtsahnend wie möglich.

»Ich weiß von nichts ... Ich ahne nichts«, summte es vor sich hin. »Hab keinen blassen Schimmer, was auf mich zukommt, dideldum ...«

Als das Mammut nah genug war, sprangen die kleinen Wilden von Neuem hervor, brüllten ihr »Huuuu! Huuu!« und schrien so laut sie konnten:

»Wir sind der Schrecken aller Mammuts!«

»Huuuh! Huuuuh!«

»Und hol'n dich jetzt!«

»Huuuh Huuuh!«

»Fall um!«

»Huuuh Huuuh!«

»Und lass dich braten!«

Und tatsächlich! Diesmal war das Mammut so geschockt, dass es auf der Stelle wie tot umfiel.

Ahuuh! Ahuuh! Die kleinen Wilden machten sofort die Pfanne klar, wollten schon ein paar Zwiebeln anbraten. Doch dann mussten sie sich doch noch etwas gedulden.

Das Mammut fing nämlich an, sich plötzlich wieder zu bewegen, sich auf einmal wie wild am Boden zu wälzen und dazu die merkwürdigsten Geräusche zu machen.

So, als wenn es keine Luft mehr kriegte:

»Chich ... chich ... chich ... chri ... chri. Chr ... hchr ... hchr, hachr ... hachr ... chich ... chich ...«

Es wälzte sich auf dem Rücken, dann auf dem Bauch. Und dann fing es auch noch an, mit den Beinen zu strampeln. Und während es sich beim Strampeln die ganze Zeit den Bauch halten musste, flossen aus seinen Augen lauter Tränen.

Oh je! So hatten sie das Mammut noch nie gesehen! Es schien sich furchtbar zu quälen.

»Und all die komischen Laute.«

»Was die wohl zu bedeuten haben?«

»Es versucht verzweifelt, uns noch etwas mitzuteilen, bevor es in den Mammuthimmel kommt.«

»Ein paar letzte, wichtige Worte.«

»Aber welche?«

Die kleinen Wilden stellten ihre Ohren weit auf und lauschten konzentriert.

»Irgendwas mit tot.«

»Und Hilfe.«

Sie bewegten sich noch näher an das prustende Tier heran, so nah, bis sie seine letzten Worte deutlich verstehen konnten:

»Hilfeee, ich lach mich tot ... Ich, ich kann nicht mehr, ich mach mir gleich ins Fell, puh! Warum hilft mir denn keiner? Ich la-la-lach mich toohoot. Ich ka-hann nicht mehr ...«

Und ungelogen, es konnte wirklich nicht mehr.

Nachdem es sich von seinem Lachanfall erholt hatte, sprang das Mammut wieder putzmunter auf, winkte kurz »Tschüss!« mit dem Rüssel und trabte quicklebendig von dannen.

Die kleinen Wilden konnten es nicht fassen.

»Ich glaub, es hat sich lustig über uns gemacht«, sagte der Allerkleinste.

»So 'ne Gemeinheit«, murrten auch die andern.

»Uns auszulachen!«

»Na warte ...«

Als sie heimkamen, wartete der Schrecken der späten Abendstunde auf sie: ihre Alten. Ganz unlustig deuteten sie auf den Mond und dann auf die Decke, die schon ausgebreitet vor der Höhle lag.

Die kleinen Wilden schlupften alle hinein. Und nachdem sie noch ein bisschen miteinander geredet und tausend Pläne für den nächsten Tag geschmiedet hatten, fielen sie einer nach dem andern in einen tiefen Schlaf.

»Nacht.«

»Nacht.«

»Doofes Mammut ...«

»Hat sich einfach wieder lebendig gelacht!«

»Na warte, morgen werden wir doppelt so schrecklich sein ...«

»Uaah ...«

»Chrr, chrr ...«

Dicke Luft

Eines Abends geschah das Wunder, dass die kleinen Wilden mal nicht zu spät nach Haus gekommen waren.

Sondern superpünktlich. Sogar noch lange vor Sonnenuntergang.

»Gratuliere«, riefen die Alten und versammelten sich freudig überrascht am Eingang. Sie konnten es kaum fassen!

»Aus unsern Kids werden doch noch ordentliche Steppenbewohner. Hereinspaziert in die gute Höhle.«

Doch die kleinen Wilden wollten gar nicht herein.

»Eigentlich würden wir heut Nacht lieber draußen schlafen.«

»Draußen?«, wunderten sich die Alten.

»Wieso denn das?«

»Weils bei euch in der Höhle so müffelt.« – »Und süffelt.« – »Und riecht.« – »Ganz sockenmäßig!«

Die kleinen Wilden hielten sich die Nasen zu.

»Weil dicke Luft ist!«

»Dicke Luft?! Also das …«

Die Eltern zogen umgehend lange Gesichter.

»Wie dick soll die denn sein, bitteschön?«

Das wollten sie jetzt doch mal genau wissen.

»Wie dick?« Die kleinen Wilden breiteten die Arme aus. »Sooo!«

Dann breiteten sie ihre Arme noch mehr aus.

»Nein, soooooo! So dick wie … wie ihr!«

»Wie wir?!«

Hat man Töne! Das wollten die Alten nicht auf sich sitzen lassen.

»Wir werden das umgehend überprüfen!«

Sie hielten ihre angefeuchteten Finger in die Höhe, gegen die Windrichtung, und stellten dann wissenschaftlich einwandfrei fest, dass die Luft absolut nicht zu dick war. Sondern, wenn überhaupt, dann höchstens etwas vollschlank! Und somit keine Erlaubnis zum Draußenübernachten gegeben wurde.

»Vor der Höhle schlafen gibts nämlich nur, wenn ihr vorher was ausgefressen habt. Andernfalls wär ja noch schöner! Ist ja schließlich keine Belohnung ...«

»Mist«, dachten die kleinen Wilden. Aber irgendwas auszufressen, war für sie ja ein Kinderspiel.

Als es dunkel war, und nachts, und alle schliefen, schnappten sie sich die Müffelsocken aller Schnarch-Eltern, natürlich mucksmäuschenstill, trugen sie nach draußen und legten sie dort auf einen großen Haufen.

»Puhh!«, machten sie. »Sind das Käsemauken!«
»Wie die müffeln.«
»Die reinsten Miefbomben …«
»Haut ja selbst das stärkste Mammut um!«

Und weil es damals noch keine Waschmaschine gab, warfen sie die ganzen Socken, von denen manche vor Müffeligkeit schon von alleine aufrecht stehen konnten, anschließend in ihren kleinen Teich.

Dort schwammen sie im Mondlicht, kreisten friedlich ein paar Runden, bis sie sich mit Wasser vollgesogen hatten, und dann, gluck-gluck, in der Tiefe verschwanden.

Am nächsten Morgen gabs dann nicht nur dicke Luft, sondern zusätzlich den allergrößten Stunk.

»Wo sind unsere edlen Strumpfkleider geblieben?«, schimpften die Alten.

»Unsere schönen Fußfelle!«

»Wer hat sie geklaut?«

Sie suchten in der Höhle und vor der Höhle, draußen auf der Wiese. Bis sie schließlich ein paar ihrer geliebten Socken zwischen dem Schilf am Rand des Teiches fanden.

Mit strengem Blick schauten sie ihre kleinen Wilden an:

»Könnt ihr uns mal verraten, was unsere gemütlichen Socken im Teich zu suchen haben?«

»Sie entmüffeln da«, sagte der Allerkleinste. »Nehmen ein wohltuendes Bad.«

»Aha! Und wie sind sie, bittesehr, dort hineingekommen? Etwa von alleine?«

»Genau«, sagten die kleinen Wilden. »Das tun bestimmte Socken manchmal so. Gehen ganz von selbst da rein. Besonders die Wandersocken.«

Die barfüßigen Alten fanden das kein bisschen komisch.

»Auf der Stelle fischt ihr sie aus dem Wasser!«

»Und anschließend legt ihr sie zum Trocknen auf den Felsen.«

»Und dann, bevor wir's vergessen, wandert ihr heut Abend zum Schlafen schnurstracks vor die Höhle!«

Als es soweit war, schnappten sich die kleinen Wilden ihre Decke und kuschelten sich freudig darin ein. Und nachdem sie noch eine Weile miteinander geredet und tausend neue Pläne für den nächsten Tag geschmiedet hatten, fielen sie einer nach dem andern in einen tiefen Schlaf.

»Gute Nacht.«

»Schlaft gut.«

»Na, wenigstens müffelts hier nicht.«

»Hschhhhh ...«

»Chrr ... chrrr ...«

Hatschiball

Einmal, mitten im Winter, waren die kleinen Wilden erkältet. Sie hatten etwas Fieber und ihre Nasen trieften und schnieften. Deshalb mussten sie auch das Bett hüten.

Was ihnen viel zu langweilig war.

»Die ganze Zeit herumliegen!«

»Und jeden Tag Haferschleim essen.«

»Trocknen Zwieback knabbern!«

»Und Kamillentee trinken.«

Dann schon lieber ein knuspriges Mammutschnitzel mit Pommes und Ketchup.

»Schmeckt viel besser.«

»Und macht echte Jäger viel schneller gesund.«

Da erinnerte sich der Allerkleinste, was sein Urgroßvater mal erzählt hatte:

»Ein Mammut ist zwar groß und stark, aber wenn man es ansteckt und es einen Schnupfen kriegt, kippt es gleich aus den Latschen!«

»Aha«, staunten die kleinen erkälteten Wilden. »Wer hätte das gedacht!«

»Ja. Dann wird ihm heiß und schwindlig, bis es sich im Kreis dreht und in die nächste Bratpfanne fällt.«

»Ahuuu!«, riefen die kleinen Wilden.

»Wir stecken das Mammut an. Wir besorgen ihm einen wunderschönen Schnupfen!«

Mit dicken Schals schlichen sie aus der Höhle und stapften zum Nachbarhügel hinüber, dorthin, wo sich das Mammut grade ausruhte und die friedliche Schneelandschaft genoss.

»He, Mammut«, riefen sie. »Wir wollten mal kurz vorbeikommen und schönen guten Morgen wünschen.«

Kaum hatten sie das getan, fingen sie an, das verdutzte Tier von allen Seiten vollzuniesen.

»Haaatschi!« – »Haatschiech!« – »Haaatschiea!«

»Hattschah!« – »Haa ... schaa ... scha ...fffschieeech!!«

Das Mammut war gar nicht erfreut.

»Wenn ihr kein Taschentuch habt, dann haltet euch wenigstens die Hand vors Gesicht!»

»Machen wir«, näselten die kleinen Nieser und niesten munter weiter.

»Ha ... Hatschiiiieh!« – »Hatschiiiiiiiiiiiiech!«

Da wurde es dem Mammut zu dumm. Es zog sich zurück und beschloss, die kleinen Bazillenschleudern auf Abstand zu halten.

»Auf Abstand?«, rief der Allerkeinste. »Haha! Dann bauen wir eben Hatschibälle und bepfeffern das Mammut von Weitem!«

Statt dem Mammut ins Gesicht niesten sie jetzt kräftig in den Schnee hinein. Schnupften und schnieften, was das Zeug hielt.

Und nachdem sie noch extra obendrauf gerotzt hatten, pappten sie aus diesem fiesen, gelbgrünen Matsch Schneebälle zusammen, ihre supergemeinen Hatschibälle, und fingen an, das Mammut damit zu bewerfen.

Batsch, batsch! Ein Ball nach dem andern.

Zack ... batsch ... einer traf das Mammut an den Hinterkopf, einer ging direkt unter die Ponyfrisur. Ein anderer, doing!, aufs rechte Auge, und ein Hatschiball landete, bupf!, genau im linken Ohr, mitten im Gehörgang.

»Na wartet«, schimpfte das Mammut. »Ihr Schnupfenverbreiter! Ihr wollt eine Schneeballschlacht? Könnt ihr haben!«

Im Nu hatte das Mammut seine eigenen Schneebälle gebaut, und zwar welche, die sich gewaschen hatten. Dicke, fette Mammutkugeln, die es mit dem Rüssel packte und sie diesen kleinen Rotznasen im Dreierpack entgegenpfefferte.

»Das ist unfair«, protestierten sie. »Die sind viel größer als unsere ...«

Doch da hatten sie schon, patsch!-klatsch!-flatsch!, eine volle Ladung abbekommen, dass sie mit Karacho in den Schnee flogen.

Der Allerkleinste rappelte sich wieder auf und versuchte noch, dem Mammut direkt einen Hatschiball in den Rüssel zu stecken.

Doch das Mammut packte ihn an der Kapuze und seifte ihn ein, von oben bis unten, und dann noch mal von unten bis oben.

Zum Schluss lagen vier kleine Wilde auf dem Schneeballschlachtfeld. Etwas mitgenommen, aber ansonsten wohlauf.

Als sie wieder nach Hause kamen, liefen ihnen schon die Alten entgegen.

»Wo seid ihr denn gewesen?«

»Wolltet ihr euch den Tod holen?«

»Wir haben uns Sorgen gemacht!«

»Wer hat euch kranken Ausreißern überhaupt erlaubt, die Höhle zu verlassen?«

Den müden Heimkehrern fiel keine Antwort ein. Sie fühlten sich schlapp und niesten nur.

»Ha... ha... tschi!«

»Seht ihr«, brummelten die Eltern. »Das kommt davon! Ab in die Falle.«

Nachdem die kleinen Wilden noch einen Kamillentee bekommen hatten und ein kühlendes Tuch auf die Stirn und dann noch ein Eukalyptus-Nasendampfbad, das ihnen besonders guttat, fielen sie einer nach dem andern in einen tiefen Schlaf.

»Chrr ...«

»Chrr ...«

»Chrr ...«

»Chrr ...«

Die warme Decke

Als die kleinen Wilden noch die wildesten Mammutjäger waren, da gab es mal einen Winter, der war echt kalt! So kalt, dass sie sich fast die Zehen abfroren.

»Was ist bloß mit unserer Felldecke los?«, wunderten sie sich. »Die wärmt ja gar nicht mehr.«

Dabei hatten sie doch jahrelang gemütlich darunter geschlafen. Jetzt zog es plötzlich überall durch. Und sie zurrten und zerrten an ihr, weil jeder das größte Stück haben wollte.

»Dumme Mammutfelldecke!«, schimpfte der Allerkleinste. »Wird heimlich immer kleiner! Und lässt uns bibbern.«

Die andern fanden das auch nicht korrekt von der Decke, dass sie sowas macht. Ausgerechnet im Winter!

Doch da täuschten sie sich.

Vielleicht war es gar nicht die Schuld der Decke. Vielleicht waren die kleinen Wilden inzwischen einfach nur etwas größer geworden?

»Genau«, rief der Allerkleinste. »Das ist es!«

Er schnappte sich einen Speer mit dickem Eiszapfen vorne dran.

»Wenn wir größer geworden sind, brauchen wir auch eine größere Decke. Das ist nicht unsere Schuld. Auf, holen wir uns eine neue!«

»Ahuuh!«, riefen die kleinen Winterwilden. »Jagen wir das Mammut!« – »Das dicke fette Zottelvieh!«

»Und machen aus seinem Fell eine neue, supergroße Decke!«

Sie stapften entschlossen los, mitten in die weiße Steppe. Und während sie so stapften und stapften, wurde ihnen kälter und kälter. So ein Bibber-Mist! Schon nach kurzer Zeit froren ihnen die Füße und Hände. Und ihre Nasen wurden rot wie Radieschen.

»Seht mal«, riefen sie plötzlich. »Da vorne! Das Mammut!« Tatsächlich. Es lag in einer Schneewehe, ganz eingeigelt, riesig und rund, um sich warm zu halten.

Die kleinen Wilden ließen sich einen Speerwurf entfernt von ihm nieder und kauerten sich ebenfalls eng zusammen.

Dann nahmen sie mit steifgefrorenen Fingern ihren Eiszapfenspeer zur Hand. Aber anstatt ihn mit wildem Geheul auf das Mammut zu werfen, zerbrachen sie den hölzernen Stab, krick-krack-knick-knack, in lauter kleine Teile, und machten daraus ein kleines Feuerchen. Doch kaum war es verglüht, wurde ihnen doppelt so kalt wie zuvor.

»Jetzt werden wir bestimmt erfrieren«, bibberten sie. »Zu Eisklumpen. Und erst im Frühling wieder auftauen!«

Da hatte der Allerkleinste eine Idee. Mit klappernden Zähnen sagte er:

»Mein Urgroß-v-v-vater hat mal erzählt, dass bei großer K-K-Kälte nur eines hilft: dichtes Zusa-m-m-menrücken von Ma-m-m-mut und wilden Jägern.«

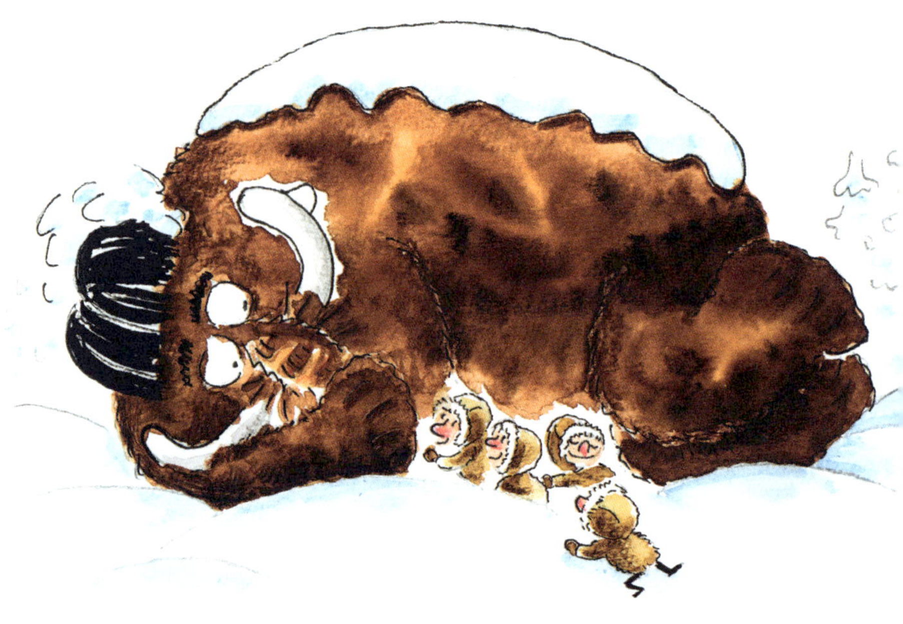

Zusammenrücken mit dem Mammut? Das war der rettende Einfall! Ja klar! So machten es die kleinen Wilden.

Zuerst rückten sie ihm nur ein kleines Stück näher, auf Respektabstand. Und weil das Mammut nichts sagte, rückten sie noch etwas näher, auf Wärmesuchfühlung.

Und als das Mammut sie großzügig gewähren ließ, rückten sie noch näher, solange, bis sie in Kuschelnähe waren.

Dort schmiegten sie sich an sein Fell und waren begeistert, wie mollig warm es da war. Sie konnten den Herzschlag spüren und wie der große Körper rauf und runter ging. Wie eine schaukelnde Wiege.

»Stellt euch vor, wir hätten das Mammut aufgegessen!«

»Dann wäre das Fell jetzt nicht mehr so lebendig und warm!«

»Würde auch nicht so schön auf und ab gehen beim Atmen.«

»Und die ganze warme Luft! Die würde auch nicht mehr aus dem Rüssel rauskommen.«

Die kleinen Wilden überlegten, was sie tun sollten.

»Am besten, wir schließen Freundschaft mit ihm.«

»Und fragen, ob es Lust hat, mit uns nach Hause zu kommen. Ans Feuer vor unserer Höhle.«

»Dann können wir mit ihm zusammenrücken, so oft wir wollen.«

»Den ganzen Winter lang.«

»Dann hätten wir die beste Decke der Welt.«

»Eine Superriesenwinter-Einschlafdecke.«

Das eingeigelte Mammut hatte eigentlich nichts gegen solch eine Einladung. Es freute sich sogar darüber.

»Aber nur, wenn ihr nicht schon wieder was Gemeines ausgeheckt habt!«

»Oh, n-n-nein«, versprachen die kleinen Wilden. »Ist nur zum gegenseitigen W-W-Warmhalten.«

Das Mammut erhob sich aus seiner Mulde und schüttelte den Schnee von seinem Rücken. Dann lud es die vier kleinen Zitterwilden auf die Schulter und machte sich auf den Weg zu ihrer heimischen Höhle.

Vor der schon die dick vermummten Alten standen.

Mit immer größer werdenden Augen.

»Also, das ist ja …«

»Heiliges Trampeltier!«

»Könnt ihr uns mal bitte verraten, was das Mammut hier soll?«

»Das ist genau genommen gar kein Mammut«, sagte der Allerkleinste. »Das ist unsere neue vierfüßige Kuscheldecke.«

»Genau!«, sagten die andern kleinen Wilden.

»Mit eingebautem Wärmerüssel!«

»Mit der schlafen wir jetzt zusammen.«

»Den ganzen Winter lang.«

»Immer ganz dicht dran …«

»Wir haben auch extra die Erlaubnis dafür, stimmts?«

Und die vierfüßige Kuscheldecke nickte freundlich.

Die Alten brummelten noch ein bisschen.

»Also das geht ja gar nicht, ist schließlich eine Familienhöhle hier und kein Tierheim! Aber na bitte, von uns aus, wir sind ja tolerant …«

Nachdem sich das Mammut am Höhleneingang nah beim Feuer niedergelassen hatte, kuschelten sich die kleinen Wilden an sein Fell.

Und als ihnen allen schön warm geworden war, fielen sie einer nach dem andern in einen tiefen Schlaf.

»Uaah ...«

»Schlaft gut ...«

»Du auch, Mammut ...«

»Gluckst ja wie ein Wasserbett ...«

»Blubb ... blubb ...«

»Chhrr, chrrr ...«

Ebenfalls im **JUMBO** Verlag erschienen:

Buch · ISBN 978-3-8337-3454-0
Format: 140 x 200 mm · 96 Seiten
Auch als Hörbuch erhältlich!
CD · ISBN 978-3-8337-3519-6

Nach langer Zeit sind die kleinen Wilden wieder auf Mammutjagd. Doch nicht nur mit dem zotteligen Mammut, auch mit ihren Eltern, die immer noch vor der Höhle warten, um ihre zu spät nach Hause kommenden Steppen-Kids mit einer pädagogisch wertvollen Strafpredigt zu empfangen, müssen sie dieses Mal einige ungewöhnliche Abenteuer bestehen.

Der Autor erzählt die Geschichte auf humorvolle Art und zeigt, wie lustig die Erwachsenen auf den Ungehorsam ihrer kleinen Wilden reagieren. eliport – Das evangelische Literaturportal

Buch · ISBN 978-3-8337-3676-6
Format: 140 x 200 mm · 92 Seiten
Auch als Hörbuch erhältlich!
CD · ISBN 978-3-8337-3677-3

Ja, heilige Karotte! Was ist auf einmal mit den kleinen Wilden los? Statt auf die Jagd zu gehen und Mammutfallen zu bauen, legen sie einen Garten in der Steppe an. Und statt saftiger Mammutschnitzel und Kotelett gibts plötzlich Gemüse, Nüsse und Salat.

Es ist eine sehr herzliche und doch ausgefuchste Geschichte rund um die kleinen Mammutjäger, die mit ihrem Witz kleine und große Leser begeistern. Die bezaubernden, kindgerechten Illustrationen schaffen es, die witzigen Texte perfekt visuell zu untermalen. Arbeitsgemeinschaft Jugendliteratur und Medien der GEW

Buch · ISBN 978-3-8337-4366-5
Format: 135 x 195 mm · 48 Seiten

Die kleinen Vampire waren einfach zu lieb dieses Jahr! Der Weihnachtsvampir mag keine artigen Kinder und nun müssen sich die kleinen Blutsauger zu Weihnachten selbst bescheren. Fletscher schenkt ein Grusel-Theaterstück, das überhaupt nicht so blutig endet, wie er es sich erhofft hat. Zähnchen bringt Gruft-getrocknete Blutwürste als Geschenk mit, die allerdings schleunigst verdrückt werden müssen, denn sonst will der Sargwächter sie zurück. Und dann wäre da noch Gruftines leckerer Untotkuchen, der noch hier und da krabbelt. Na, gibt es schönere Weihachten als bei den kleinen Vampiren?